편지 속에 묻혀 살면서도

소통과 힐링의 시 13

편지 속에 묻혀 살면서도

최수경 시집

 출판이안

소통과 힐링의 시 13

편지 속에 묻혀 살면서도

초판 인쇄 ㅣ 2019년 06월 25일
초판 발행 ㅣ 2019년 06월 28일

지 은 이 ㅣ 최수경
펴 낸 곳 ㅣ 출판이안
펴 낸 이 ㅣ 이인환
등   록 ㅣ 2010년 제2010-4호
편   집 ㅣ 이도경, 김민주
주   소 ㅣ 경기도 이천시 호법면 단천리 414-6
전   화 ㅣ 010-2538-8468
팩   스 ㅣ 070-8283-7467
인   쇄 ㅣ 세종피앤피
이 메 일 ㅣ yakyeo@hanmail.net

ISBN : 979-11-85772-62-2 (03810)

「이 도서의 국립중앙도서관 출판예정도서목록(CIP)은 서지
정보유통지원시스템 홈페이지(http://seoji.nl.go.kr)와 국가
자료공동목록시스템(http://www.nl.go.kr/kolisnet)에서 이
용하실 수 있습니다. (CIP제어번호 : CIP2019023450)」

값 11,500원

그대에게

나의 작은 소망은

그대 마음에 사무치는

그리움이 되는 것입니다

1부 무심일 땐 몰랐는데

2부 편지 속에 묻혀 살면서도

3부 백지로 온 편지

4부 뉘 불러 벌써 가는가

5부 우체국 앞 틈새에 핀 꽃

1부

무심일 땐 몰랐는데

별이 내린 아침

하얀 별 지고 난 아침
감나무 그늘에 내려앉은 별에서
작고 예쁜 꽃소리 들린다

초록 숲으로 날아든 별
어느 곳에서 왔는가
다시 밤이 와도 가지 마라
내 마음에 담아 두리라

밤에는 하늘로 하얗게 뜨고
낮에는 숲으로 노랗게 뜨는 별
나의 별이라 부르리라
사랑의 별이라 부르리라

선물

내 마음이야
네 마음에
넣어 둬

할미꽃

봄마다 그립다
너만 보면 그립다
햇살 따스한 잔디밭
옹기종기 모여 앉은 할미꽃
너를 볼 때면
할미가 그립다
봄이 오면
울 할미가 그립다

할미꽃2

맑은 봄날 아침
할머니 집을 찾아갔네
따뜻한 햇살 잔디밭에
할머니 꽃으로 나와 앉으셨네
환하게 활짝 핀 웃음 보이며
누구를 기다리셨나
바람결에 이리저리 얼굴 돌려
살피시네
이웃 진달래 개나리 노루귀
모두 모여 웃음꽃 가득하고
동백 산수유 벌써 다녀 갔다하네
우리 할미!
오랜만에 나오셨으니
즐겁게 소풍하고 가세요
따뜻한 봄햇살 길었으면 좋겠네
큰절 한번 하고 돌아내려왔네
언제 다시 볼까
꽃이 되신 우리 할미

산수유

꽃말이 영원불변
잎은 언제 다 지고
빨간 보석되어 남았네
하얀 눈 속에
알알이 반짝반짝
꽃보다 더 예뻐라
누이동생 가슴에
한 송이 달아주면
더 없이 예쁘겠네

고향의 강에서

그 옛날 내가 살던 고향의 강
노 젓고 삿대 저어 건너던 나룻배
앞산 진달래 흐드러진 봄이 오면
산새 따라 부르던 사공의 휘파람소리
들릴 듯 아련한데
강나루 홀로 외로운 빈 배는
하릴없이 세월만 삭히고 있다
강물은 흘러가고 흘러들어 돌고 도는데
옛사람 간 곳 아는 이 없고
강가의 나는 이방인처럼 낯설다
아버지도 어머니도 건너던 배에는
내리지 못한 세월만 켜켜이 쌓였고
서글픈 봄비 뱃전에 축축이 젖어든다
여름 장마에 아우성치며 흐르던 물결
지금은 말없이 흐르는 물살이 나른한데
추억의 배 언제 다시 꿀렁꿀렁 소리치며
거친 물살 거슬러 강을 건널 것인가
고향의 강 언덕은 멋대로 자란 잡초 무성하고
추억만 시나브로 가슴에 젖어드는데

어디서 꽃씨 하나 날아와 피어난
이름 모를 꽃 한 송이 외로운 강가
먼 훗날 그 훗날에도
저 꽃이나마 그렇게 피어 반겨주면
쓸쓸함 덜 할 수 있으련만
고향의 강 언덕 돌아서는 마음 아리다

엄마

한여름 땡볕 아래 쪼그려
무던히도 흘리셨을 땀
그 땀을 고스란히 담아 보내주셨다
감자 한 자루 옥수수 한 상자
강낭콩 한 봉지 오이 호박 몇 개
외손주 좋아한다고 토마토까지

택배보따리 풀다 눈물 글썽
고향 하늘을 본다
아프신 곳은 없는지
나는 여태껏 엄마 생각
감자 한 알만큼이라도 했나

올 여름은 왜 이리 더운지
오는 주말에는
찾아뵙고 꼭 안아 드려야겠다
엄마 고마워요
사랑해요

우리 장인

처가 다녀오는 길
목이 말라 휴게소에 들러
시원한 생수를 벌컥 마시다
하늘을 보았다

언뜻
한여름 땡볕에 김매시던
장인 생각
이 더위 꽤나 목마르셨을 텐데
시원한 냉수 한 사발 드셨을라나

잘 계시지요?
그 하늘에

부추꽃

무더위에 지쳐있던 뒷마당 화단의 부추
어제 한바탕 내린 소나기를 맞고
꽃대를 하늘로 곧추세웠다
비 맞고 살아난 여섯 잎이 한 송이로
하얀 꽃을 활짝 피웠다

"야, 부추도 꽃을 피우네!"
폭 빠진 나를 보고 지나던 사람이 묻는다
"뭘 그렇게 들여다 봐요?"
"아, 예, 부추는 먹을 줄만 알았지,
이렇게 예쁜 꽃을 피우는 줄 몰랐네요."

관심을 갖고 보니 여섯 장 꽃잎이 한 송이로
오밀조밀 참 예쁘게 피었다
얼른 카메라 들어 사진 한 장을 찍는다
녹색의 싱그러움 더욱 하얀 꽃
무심일 땐 몰랐는데 부추꽃이
요렇게 예쁜 꽃으로 빛날 줄이야

무심과 관심의 차이를 일깨워준 부추꽃
푸른 잎과 꽃의 예쁨에
눈과 마음이 호강을 한다

28

해바라기

봄부터 앞서 피려
꽃밭 가득 시끌벅적
여름 가고 깊은 가을
해바라기 여유로워
출발은 좀 늦어도
키로는 제일 어른

다른 꽃 모두 담장 안에
해바라기 홀로 멀쑥한 키로
울타리 밖을
두리번두리번
해 닮은 둥근 얼굴
기분 좋게 싱글벙글

보리밭

용케도 견뎌냈네
긴 겨울 동토에서
구불한 인생길 나른한 아지랑이처럼
길게 늘어선 보리밭고랑
푸른 밭에 발 담그듯 나란히
밟고 또 밟고 해가는 줄 몰랐네

한나절 밟아도 끝없이 가는 길
앞산 진달래 꽃송이 톡톡 터지고
꾀꼬리 한 쌍 까불며 나는데
여린 봄물결 들로 흘러 넘쳐
처녀들 꽃바구니 가득 채웠네

아득한 보리밭고랑 따라 걷다가
바람에 춤추던 청보리밭에 숨어
보리피리 불던 때 언제던가

유년의 그리운 추억 아른아른 하여라
저녁에는 산 아래 보리밭 저 끝으로
안개비 살며시 내려 덮어도 좋겠네

뻐국새

냉이 달래 쑥을 캐서
뚝배기 멸치 우려
냉이국 달래무침
쑥떡으로 봄을 빚어먹고
산나물 따러 산에 올라보니
복사꽃 매화꽃 벚꽃 언제 졌나

연두빛깔 나뭇잎 맑게 피어나고
봄은 간 곳 없는데
꽃잎 흩어진 나무에
뻐국새만 진종일 홀로 울고 있네

달맞이꽃

얼마나 기다려 꽃이 되었나
얼마나 그리우면 꽃이 되었나
모두 잠든 밤
노랗게 새워 홀로 피어난
달맞이꽃

밤으로 기다려 달려온 달은
어느 새 서쪽으로 넘어
산은 짙은 어둠
희미한 달빛마저 길을 잃어

어쩌란 말인가
달맞이꽃
아침이슬에 지던 날
새벽 산책길에 마주친
이 사무치는 그리움을

담쟁이

피멍 같은 상처 안고
숨가쁘게 오르며 살아온 너
돌담 위 고단한 삶에
위로를 보낸다
신발 끈 동여매고
담장으로 다시 오를 날
쏟아지는 햇빛은 너에게만 주겠다

이제는 행복하자
하루 한 걸음이면 어떠랴
힘내고 가자
담을 넘을 때까지
손발이 다 닳도록
한 잎 두 잎 어깨를 맞대고
훈장 같은 발자국 남기며
끝내 가보자

어머니의 꽃밭

가을이면
홀로 계신 어머니 꽃밭에
구절초꽃이 가득 합니다
지난 밤 별들이 내려앉은 듯
하얗게 피어난 구절초꽃
초롱초롱 아침이슬 달고
남들 다 지는 늦은 가을에
피어났네요

어머니 덮은 잔디 죽는다며
볼 때마다 뽑아내시던 아버지
구절초꽃 내내 기다렸을
어머니 마음 진정 모르셨을까
추석에 찾아간 어머니 꽃밭에
구절초꽃이 가득합니다
꽃밭 가운데 환하게 웃고 있는
어머니가 보입니다.

어머니!
오늘은 예쁜 꽃이 되어
당신의 품에 꼭 안기고 싶습니다

감

시골집 울타리 밖 감나무
올망졸망 많이도 달렸다
가을바람 한줄기 지날 때마다
조금씩 노랗게 익어가는 감
어쩌면 하나같이
우리 식구만 같을까

그 옛날 한집에서
고만고만 올망졸망
커가던 어린 누이동생들처럼
잎새 다 떨군 빈가지 끝에
까까머리 아이 닮은 감식구들
지나는 찬바람이 샘내면 떨어질까
서로서로 꼭 품고
해맑은 얼굴 마주보며
참 예쁘게도 웃고 있다

그때

노랗게 익은 깻잎 차곡차곡 모아
실에 꿰어 장아찌를 담그듯
그리운 마음 아득한 유년의 그 날로
가을 하늘에 빼곡히 편지를 쓴다

붉게 물든 갈잎은 해를 담아 말리고
햇살 반짝이는 장독대 사이로
가을걷이 분주한 어머니 그림자
뒷마당 감 한 소쿠리 따다가
감식초 한 단지 담그고
홍시 익어갈 때 기다리며 아이들은
담장 아래 쪼그려 햇볕을 쬐고

해는 어느 새 서쪽 산머리를 넘어
땅거미 지고 굴뚝연기 피어오르면
어머니 부르시던 저녁
등잔불 아래 두리반 상에 둘러앉아
덜그럭거리는 숟가락소리
소리 없는 달빛 스며드는 밤
좋은 꿈꾸며 잠드는 그 날 밤이
다시 오늘이라면
어머니 자장가 들리는 오늘이라면

찐빵

시내 유학간 아들 오는
주말이면 아랫목 이불속
밀가루 반죽 묻어 부풀려
찐빵 만들던 어머니 겨울

눈 오는 저녁 시간 종종걸음
마트 앞 하얀 김 솔솔
찐빵 아닌 호빵 냄새
뜨겁기는 마찬가지
맛은 그래도 엄마 찐빵

눈이 내립니다
어머니
또 눈이 내립니다
어머니 가시던 날처럼

봉숭아꽃 누이

손톱 끝에 남은 그리움
그때는 울밑에 섰다고 합니다

맑은 달 가을 밤
손톱 끝에 곱게 물든 봉숭아꽃 보며
누이는 첫눈 오기를 기다렸답니다

손톱에 봉숭아꽃 눈썹만큼 작아지도록
기다림의 가을밤은 무척 길었답니다

별무리 하나 둘 아스라이 스러지고
고요한 달 가지 끝에 달린 가을 밤
나뭇잎 하나 창에 어리어 스산한 마음
첫눈은 아직 먼 날에서 오는데

봉숭아꽃 손톱에서 지워지기 전에
누이의 그리움이 먼저 지고 말았답니다

2부

편지 속에 묻혀 살면서도

기다림

그리하여
잠들지 못하고
창문으로 새어든 별을 가슴에
하나 둘 채우기까지
그대라는 이름으로 기다린
지난 밤은
참으로 길었습니다

입춘

오늘쯤
봄냄새와 꽃향기를
볼 수 있겠지요

더불어
기다리던 그대 소식도
들을 수 있다면
더 없는 기쁨일 테지요

이른 봄

울고 싶었겠지
진달래
개나리 산수유
산동백 목련 벚꽃
매화
봄은 잎새에 들기도 전에
다른 꽃 모르게
실컷 울고
먼저 가더라
나를 보고 내내
그리워하라고

노루귀꽃을 아시나요?

이른 봄 산에 들거든
앞만 보고 가지 말고
가끔 아래도 살피고 가자

산은 아직 잔설인데
생명 움트는 흙속은 분주하다
하얀 솜털 뽀얀 속살 덮고
빼꼼이 내민 수줍은 얼굴
키 작고 엎드려 있으니

꽃잎 오롯이 피고 나면
종긋한 잎 그제야 귀 세우고
곱디 고운 꽃 받치며 피는 잎
어린 노루귀를 꼭 닮았다
긴 겨울 이겨내고 일찍이도 피었다
한참 보고 나니 해가 저만큼 앞서 있고
아쉬운 발걸음 자꾸 돌아본다
하루 산행 내려오는 길
이 꽃 저 꽃 둘러 보다
눈에는 너만 담고 돌아왔다

편지 속에 묻혀 살면서도

편지지 한 장 펼쳐놓고
펜은 들었는데
마음 가득했던 생각들이 써지지 않는다

그리움도 적당해야지
몇 날을 쌓아 두었더니
무엇부터 꺼내야 할지

그럴 리 없겠지만
보고픈 마음 달아나면 어쩌나
하고 싶은 말 다 채울 수 있을까

꽃잎에 쓴 편지

아주 먼 곳의 그대를 보고
그만큼 먼 곳의 그대를 듣고
때로는 그대를 느끼며
쓸쓸한 비 내려 울적한 날
찻집에 홀로 그대 그립니다
차 한 잔에 꽃잎 띄우고
그리워하는 마음
그대 아시나요

가끔은 먼 산을 보고
더러는 하늘을 바라볼 때면
바람소리 따라
그대가 들립니다

찻집 아래 호수에 그대
손짓 닮은 반짝이는 물비늘
떠돌던 구름 한 점 호수에 내리고
한 줌 바람 갈대숲에 숨어 웁니다

노을이 서쪽 하늘 물들일 때
어둠은 우두커니 곁으로 다가서고
저녁을 마중하는 시간
차 한 잔에 띄워놓은 꽃잎
살며시 불어 봅니다

어디론가 떠나야 할 시간
그리움인지 외로움인지
보이지 않는 바람 무심히 스쳐가고
의미 없는 헛기침과
꽃잎만 남은 찻잔을 내려봅니다

알잖아요 내 마음

꽃비 내리는 밤

그대
지난 밤
꿈을 꾸었다면
살랑이는 그림자 뜰에 어리며
소리없이 흩날리는
꽃비 소리를 들었을 테지요
달빛은 그림자로 울타리 넘어서고
별무리 서성이던 창가로
누군가 다녀 갔을 테지요
그대 꿈을 꾸었다면
깨우지 못하고 돌아서는
그 발자국소리 들었을 테지요

짧은 봄 지워지는 밤에도
풀잎마다 이슬 맺던 새벽에도
다만 그대 생각뿐입니다

도라지꽃

손대면 톡
깨질까
터질까
안타까운 마음

그 속에 담긴 것은
꿈일까
동화일까
궁금한 마음

손끝이 닿을 듯 말 듯
애절한 마음

꽃이 진다

한 잎 질 때 눈물 한 방울
두 잎 지면 눈물 또 한 방울
우수수 흩날리는 날에는
가슴 흠뻑 적시며 발끝으로
하염없이 지는 그리움 툭툭
사립나무 울타리 메꽃 함께
도라지꽃 잎이 다물던 날
알알이 이슬 머금은 다섯 잎
보라색 별 하얀색 별
아무도 모르는 세상
새벽의 도라지 꽃잎 속으로
잠들다

너

열 번을 썼다 지우기
열한 번째 쓰고
지우지 못한 이름

그 집 앞

해 지고 어둑한 저녁
오늘도 그 집 앞을 지난다
다행이다
창문 커튼 사이 불빛이 밝다
잘 있구나
내가 왜 이러는지 너는 모른다
한 번쯤은
우연처럼 정말 우연인 것처럼
너를 볼 수 있기를
오늘 또 그 집 앞을 지난다
무심한 것처럼
벌써 언제부턴가
기억은 꽤 오래다
이젠 내 마음 나도 모른다
또 오늘이다
가는 길인지 오는 길인지
그리고 오늘도 어제처럼
다시 그 집 앞

철딱서니

마당에 낙엽을
다 쓸고 돌아서니
담장 구석에 민들레꽃
한 송이 올려다 본다

밤새 무서리 내린다는데
이 철없는 꽃을
어찌할꼬

하염없이

창문 너머 하얀 눈송이
하염없이 내리고
나 또한
하염없이 바라본다

하루 종일 내리는 눈
어둠도 함께 내리는 저녁
온 세상이 하얀 밤으로
내 몸도 마음도 온통 하얗다

오늘은
그렇게 잠들고 싶다
깊은 잠 꿈마저 하얗게
하얀 눈꽃 밭에서
천사 같은 너의 손을 잡고 싶다

소망

어떻게든 이어져 있다
나의 열 손가락 끝으로
그리고 그 손가락마다
다시 열 손가락으로
줄기줄기 이어지는 나뭇가지처럼
그렇게 이어진 인연들과
또 한 세월을 시작하는
정초에
나와 이어진 모든 것들이
아픔 없는 한 해가 되었으면 좋겠다
황금돼지 대문 앞을 그냥 지나치더라도

부탁

너는
그냥 곁에 있어주기만 하면 돼

지게 작대기

네가 나를
내가 너를 받쳐줘야
온전한 구실을 할 수 있는 사이
지게와 작대기
그렇게 살았고
그렇게 살아가야 한다
너
나
그리고 우리

가을인 걸요

비에 젖은 가로수 길
은행 잎 하나가
작별 인사처럼
어깨를 툭 치고 떨어집니다
낸들 어쩌겠습니까
가을인 걸요

한 잎을 들어
이별 인사를 합니다
언제 다시 오는가

다시 가을

아침부터 내리던 비에
한 자락 묻어 온 겨울
비에 젖은 낙엽 한 잎
가는 길 어디인가
차마 묻지 못하고
쓸쓸히 떠나 보낸다

아득한 날에
잊히지 않는 그 사람의
그때처럼
다시
그리운 가을이다

언제 오시나

얼마나 기다렸는지 알까?
첫눈 오시길
눈 덮인 길에 처음
내 발자국을 남기고 싶었네
네 발자국 나란히 새기며
따뜻한 손 잡고 걷고 싶었네
그러기에
내 마음으로 오고 있을
너를 위해
달빛처럼 하얗게 내리는 눈
지금껏 기다렸네
달빛 밝아 오시는가
기다림 그리움에 살며시
창문 열어 밖을 보니
그리움 송이송이 담아 내리는 눈
그대 아니 오고 눈꽃만 하얗게
길을 덮었네
새벽 그 길에 내 발자욱 남겨
오실 길 잃지 않게 길을 내겠네
조금 더 조금 더 기다려도 좋겠네
그대 오실 그 날 언제라도

겨울꽃

달빛이 하도 밝기에
창문을 열었더니
나뭇가지 하얀 꽃이 피었네

바람아 불지 마라
저 꽃 질까 두려워라

하얀 꽃길로 님 오시나 기다리다
흩어진 꽃에 길 잃을까 걱정이다

눈길로 그리움만 더하는
이내 잠 못 드는 밤
어찌할 거나

연가

그대 마음으로 그대를 생각합니다
그대 또한
나의 마음으로 나를 생각할까?
햇빛 맑은 창가에
빈 화분 하나 들여 놓습니다
아침 햇살로 살며시 들어와
빈 화분에 그대 마음 내려
아름다운 꽃으로 피어나소서

내 마음에 참으로
오래도록 놓지 못하는 사람

3부

백지로 온 편지

백지로 온 편지

사연 너무 많아 쓸 수가 없었겠지
쓰고 또 쓰다가
눈물 한 방울 떨구고 백지로 보냈겠지

그런다고 마음 모르겠나
하고 싶은 말 그리도 많았다는 것을

백지로 보내 온 그 사연
읽고 또 읽어도 끝이 없네
그래 안다 그 마음
또한 나의 마음인 것을

사랑은
머물지 않는 바람 같은 것이라지만
어찌 내가 모르겠나
너만은 아니라는 것을

밤 새워 쓰던 답장
끝내 쓰지 못하고
나마저
눈물 두 방울
빈 봉투에 담아 보냈네

보고 싶다

가을
나뭇잎 홀로 지던 그 밤
그리움에
밤새도록 별을 세었다

너도 그러하더냐?

향기

향기라는 게
꽃에서만 나는 게 아니더라

너와 눈만 마주치면
내 눈 내 마음에서
톡톡 터지는 것

알고 보니
무엇보다 달콤한
사랑의 향기더라

사랑

샘물처럼
끝도 없이 솟아라
너에 대한 내 마음
마르지 않도록

너뿐이야

꽃 보고
너를 보고
꽃 보고 너를 보고
또
보고 또 보아도
내 눈에 예쁜 꽃은
하나
너뿐이야

꿈에 보았네

초승달 보았나요
보름달 보았나요

그대 얼굴 보았네요
예쁜 그대
눈매 닮은 초승달

향기 가득
활짝 핀 그대
미소 닮은 보름달

그대를 보았네요
나를 보고 웃는
환한 그대
꿈속에 보았네요

이때나 저때나
언제 내게 오려는지
보고 싶은 그대
생시에 보았네요

사랑하였으므로

내가 너보다는
조금 더 행복할 거야

왜냐 하면
너를
사랑할 수 있으니까

시인은 말했지
사랑하였으므로
행복하였다고

나도 그래

너에게

푸른 하늘에 너의 이름을 썼다
오래 생각하고
오래 그리워하다
구름 한 점 손끝에 찍어

짓궂은 바람 한 줄기
너의 이름 지웠다

눈물이 쏟아질까
한동안
하늘만 쳐다보고 있었다

고개를 숙일 수 없었다
오늘은 미안했다
너에게

네 별인 줄 알겠다

가장 가까이
가장 빛나고
다른 별 다 지도록
가장 늦게까지
떠나지 못하고
내가 먼저 돌아설 때까지
나를 보고 있는
샛별

네 별인 줄 알겠다

촛불

내 마음에
늘
밝혀 둘게요

그대

촛불2

흘러가는 것이 어디 사람뿐이랴
흘러가는 것이 어디 세월뿐이랴
흘러가는 것이 어디 눈물뿐이랴
흘러가는 것이 어디 빗물뿐이랴
다 흘러가고 또 새롭게 오더라

홀로 묻고 답하는 시간
인연만 남긴 무욕의 시간
그것으로 충분한 삶

제 몸 흔적도 남기지 않는 촛불
이것은 기도인가 갈망인가
스스로 태우는 촛불에 길을 묻는다
무엇이 그렇게 중한가

지독한 사랑

단 한 번이고
마지막인 사랑
그게 바로
당신입니다

썸

정말이야
웃기는 게
난 아무렇지도 않은데
언제부터인지
네 생각만 하면
가슴이
그냥,
저 혼자 그러더라
그런데 너는?

Y에게

아프지 마라
그대가 아프면
내 눈에는
더 아픈 눈물꽃이 핀다
하얀 눈밭으로 붉은 동백꽃잎
뚝뚝 지듯
내 마음도 뚝뚝 허물어진다
처음 눈빛 그대로 내게
피어 있어라
내 가슴이 먼저 지기까지는
아름다운 향기로 남아 있어라

큐피트

그대가
화살을 한 발 쏘았습니다
가슴에 명중했지요
뽑아내려 하지만 너무 깊이 꽂혀
뽑아낼 수 없었습니다
정 가슴으로 받은 화살
오래도록 아프겠지만 그 아픔
지우고 싶다는 것은 거짓말입니다
그대가 쏜 화살
운명이거니 받아들이고
그렇게 살아갑니다
그대의 화살은
헤어날 수 없게 깊이 빠진
사랑이라는 늪이었습니다
나는 지금 보이지 않는 끈에 매여
그대를 사랑할 수밖에 없을 것 같습니다

우연의 법칙

내 생에
세상으로 나와
너를 만났다는 건
찰나의 우연이고
영원의 필연일 것이다

커피잔

따뜻한 커피 한 잔
두 손에 포근히 감싸안고
너를 생각하는 시간
손끝에 전해오는 따뜻함
너의 손길이 느껴진다
찬바람 부는 겨울 날
내 주머니 속 너의 손을 닮았다
커피향 맡으며 잔잔히 너를 생각한다
너의 모든 것
나의 모든 것 너를

바람에 전하는 편지

꽃이 지고 있습니다
붉고 흰 꽃잎 있던 자리에
푸른 잎 하나씩
자리를 채워가고 있습니다
맑은 이슬 머금은 싱그러움에
화려했던 봄은 가끔 잊을 수도 있습니다
그대에게 편지를 보냅니다
지는 꽃에 아무 말 하지 못한 채
5월의 연두 빛 그늘 아래서
나뭇잎 흔들고 지나는 바람에
나의 소식을 부탁합니다
꽃 지는 슬픔에도 잘 있노라
나뭇잎 하나마다 그리움 하나씩 채우며
기다리노라 전해 달라 부탁합니다
늦은 봄 아카시아 향기를 바람에 실어
그대에게 보냅니다

그대도 장미를 보시나요

담장을 넘어 흐르는 화려한 미소
지나치는 나도 빙그레 답을 합니다

왜 나였을까
화려한 5월의 아름다움
빨간 몸짓으로 뿌려주는 유혹의 눈길
다만 거부할 수 없음은 또한
그대를 극히 사랑하기 때문입니다

청명한 밤하늘 별빛 꿈을 꾸다가
안개 그윽한 새벽길에
우리 둘이만 마주칩시다
누구도 모르게 손을 잡아봅시다
빨갛게 달아오른 그대 입술 훔쳐 가리다

5월의 그대 마음 모두 가져다가
가슴 가득 빨간 꽃밭을 만들어
내내 혼자만 그대를 사랑하며
그 향기 세상으로 흘려 내리다

우리의 봄

눈꽃처럼
흩어져 날리는 꽃잎의
마음을 헤아리지 못하고
사랑하기란 쉽지 않다

봄이 짧은 건
어쩌면 다행
그렇게
우리는 헤어지고
또 만날 테니까

바람과 함께 산화한
꽃잎의 흔적을
잠깐 기억하자

삼색제비 팬지

너를 보려고
지난 밤 꿈이
그렇게 고왔나 보다

마른 나뭇잎 무엇이 궁금하여
빼꼼이 내민 얼굴
아직은 낯선 세상
봄이 아직 오는 중이라 그래
정말 그렇다

자세히 보아야 보이고
자세히 보아야 예쁘다더니
아무도 없는 화단에
먼저 피어난 팬지
누구의 꿈이었는지
눈을 뗄 수가 없구나

조금만 기다려라
너의 봄이 저만치 보인다

4부

뉘 불러 벌써 가는가

빈손

가위
바위
보

삶에 이기고 지는 것
아무 의미 없더라

누구나 결국에는
빈손으로 돌아가더라

무욕으로 사는 것
가장 편안한 삶이더라

슬픔에게

오래 가지 말고
그 정도만 하자
충분하니까
내게는

목련꽃 지고

순백으로 흩날리는 꽃잎
누구의 영혼인가
길 위로 눕지 말고
꿈을 찾아 하늘로 날아라

뭇새처럼 무리로 앉은 하얀 봉오리
바람에 흔들리는 날갯짓
한 잎 두 잎 우수수
봄을 안고 날아오르네

뉘 불러 벌써 가는가
어느 봄날 다시 보기까지
흐드러진 백목련 꽃잎에
누군가 알아줄 이 없는
짧은 나의 봄이 서럽다

이 봄 어디로 가야 할지 모르는 당신에게

차라리 당신은 짧은 봄이 좋을지 모른다
어찌하지 못하는 그리움이 있다면
당신 마음 아직 사랑의 흔적이 남은 것

봄은 당신이 채비하기도 전에
꽃잎 툭툭 던져버리고 가는데
목련 꽃잎 나풀거리고
벚꽃잎 새벽별 쏟아지듯
우수수 흩날리는 나무 아래서
마음을 두지 못하고
어디로 가야할지 모르는 당신

사랑의 절반쯤 날리는 꽃잎에 떼어주고
꽃바람에 흔들리는 묘한 심사
오고 가는 봄 다르지 아니한데
아직 마음에 오롯이 남은 사람 누구인가

떨구고 날리는 꽃잎에 그리움 앞섰다면
그대 마음은 눈물 같은 봄이 서러울 터

남아있는 사랑을 떠올리며
남겨진 추억 잊혀 질 때까지
길 없는 당신의 길 홀로 외로워라

마지막 봄의 이별 가슴에서 지워질 때
당신의 봄은 지는 꽃잎보다 붉었어라

봄이 가고

봄비에 물이 올라
꽃 피던 날 엊그제 같은데
다시 비 오더니
금방 핀 꽃이 지네
한나절 같은 봄
짧기도 하다

사랑이야

지금 몇 시야
지금 어디 있는데
멀리 가면 간다 하고 가야지
나는 너에게, 너는 나에게
당연할 거라는 믿음
먼저 다가올 거라는 마음이
결국
서로 기다리는 오해가 됐네

우리 조금은 의심하고 살자
그것이 오히려 사랑일지도 몰라
관심은 마음에 있는 거지만
한 발짝만 먼저 다가가자
그러면
그래야….

폭염, 한여름 끝에

무척이나 뜨겁고 지루했던 한여름
뒷마당 감나무에 열린 감은
햇볕에 벌겋게 익은 지 오래

다행이다
언제였나 싶게
세차게 비가 쏟아 붓는다
참 오래도 기다렸던 비
조금 더 빨리 하늘 문을 열었더라면
기다림의 애간장은 덜 탔을 터

그래도 고맙다
빗줄기 속에 저만치 보이는 산은
한 폭의 수묵화처럼
허리를 안개에 휘둘러 안겼다
뛰쳐나가 온몸 열어
가슴 가득 비를 받아야지

비야 모든 갈증을 적시고

깊은 곳 생명원초까지 깨우되
넘치지는 마라
이래저래
기다림에 상처는 주지 마라
부탁이다
지난 상처가 너무 크다

여름이 갔다

밤하늘 별이 다가서더니
이내 비를 뿌렸다
몇 날을 내린 끝에
땡볕은 힘이 떨어지고
배나무에 시끄럽던 매미가
사라졌다
성큼 다가오는 서늘한 바람에
여름은 소리없이 떠나갔다
내내 아우성치던 소낙비
길게 늘어져 울던 참매미도 함께
울타리 넘어 해바라기 그림자
길게 서서 기웃거리는 늦은 오후
가을이 문밖에 서성인다

가을

하늘이 조금씩 높아지더니
밤에는 별이 쏟아지기 시작했다
멀리 대룡산 붉게 불이 붙고
사람들은 불구경을 위해
떼 지어 산으로 들었다
새벽안개 피고 걷히기를 몇 날
우체국 붉은 벽돌 담장으로
힘겹게 오르던 담쟁이 잎이
하나 둘 지더니 하얀 서리가
찬바람을 몰고 와
겨울을 알리고
가을은 나뭇잎을 거두어 떠났다
철없이 늦게 핀 꽃 한 송이 남기고

겨울을 이기려면

가을은 가슴에 꽃을 피우자
봄꽃 지고 길었던 여름마저 가고
낙엽은 하나 둘 스러져
쓸쓸함 갈바람에 묻어오는 날
우리 가슴에 꽃을 피우자
너의 이름
나의 이름
우리의 이름으로

아침 들판 하얗게 핀 서리꽃
햇살에 사라지기 전
초저녁 서쪽 하늘 별무리
산으로 묻히기 전
우리 온기로 빚어낸 사랑으로
따뜻한 가슴에 꽃을 피우자
다시 봄이 오기까지 아득한 계절
빈 마음에 가을꽃 향기로 가득 채우자

등대

졸지 마라
세월이야 모르게 지나갔어도
바람이 길을 잃을 수 있으니
검은 바다 저 불빛들
너로 인해 안심하게
밝은 눈빛 비춰라
섬으로 파도가 들고
여명에 바다가 잠들 때까지

섬

섬은
혼자여도 외롭지 않습니다
수평선 저 끝에
출렁이는 물결 사이로
붉은 태양 잠드는 밤이면
길 잃은 배 바다를 떠돌다
등대 불빛을 따라 섬으로 듭니다

섬은
밀물로 세상의 소식을 듣고
썰물로 바다의 소식을 실어 냅니다

섬은
혼자가 아닙니다
가끔은 흰 구름도 내려 쉬고
고깃배 따라 갈매기도 쉬어가는 곳
오늘은 바람이 섬을 돌아가고
언제는 성난 태풍도 휩쓸고 갑니다

멀리 손톱만큼 보였던 오징어 배는
해질 녘까지 제집으로 못 들고
파도소리 자장가로 섬에 잠이 듭니다
오늘도
섬은
외롭지 않습니다

겨울 잠

잎 하나마다
하늘과 땅이었고
청춘이었고 삶이었을 것
시간 속에 나고 살고 늙고
화려하게 죽고 잠들다
햇빛 내리는 봄날 뿌리를 거슬러
다시 가지 끝에서 눈을 뜨리라

엄동

겨울은 겨울이다
따뜻한 아랫목을 찾는 사람
벌거벗은 채 찬바람 견디는 나무
가을 끝을 벗어나지 못한
마른 나뭇잎까지도
햇볕 잘 드는 구석을 찾아
바람을 피하고 있으니
누구에게나 힘든 겨울
있는 사람 없는 사람
모두 부둥켜안고
이 엄동과 싸워 보자
멀리 있는 태양 빛
높이 있는 나뭇가지를 타고
내 발밑에 다다를 때까지
어떻게든 견뎌보자
겨울은 어쨌든 겨울이다

동백의 바다

동백 꽃잎 흩어져 내려
붉은 주단을 깔아 놓은 숲은
한 잎마다 강열하게 가슴으로 부딪쳐
감히 함부로 딛고 건널 수 없는
가장 화려하고 아름다운
슬픔의 바다이다

제주의 바닷가

바람이 머물고 간 자리
바람을 만났던 자리
나도 바람이었던 자리
바람과 같이 머물고 싶은 자리

다시
바람을 기다리는 빈 자리

백수

설거지를 하라고 해서
설거지를 하다가
밥그릇을 깼습니다
그럴 줄 알았다나?

그래서 그랬습니다
설거지는 나하고 안 맞아
하기 싫은 걸 억지로 시키니 그렇지
투덜댔더니
밥을 먹지 말라네요.

그래도 밥은 먹어야겠기에
다시 설거지를 하고 있습니다
밥이 뭔지

5부

우체국 앞 틈새에 핀 꽃

우체국 앞 틈새에 핀 들꽃

허리를 낮춰야 너를 볼 수 있을 거야
밟히고 채여 만신창이가 되고
이름도 없고 아무의 관심도 없는 너
어쩌면 내일이면 없을 수도 있겠지만
그래도 빛은 너를 외면하지 않아
거칠고 험한 세상이
네게 물 한 모금 적선이나 했을까 마는
너를 위해 나만이라도 발걸음을 조심해야지
내일도 살아있어라.
또 볼 수 있게...
그때 아픈 꽃이라도 달고 나와라
한 번 더 내 허리를 낮춰주마
네가 볼 수 있게

시는 나에게

시골집 흙벽에 그리움 담은
조그만 우체통
여행길 바람 같은 자유의 노래
숲속 자작나무 잎들의 수다
별빛 창가에서 세레나데 부르며
달빛처럼 부드럽게 감싸는 무지개

내일을 향한 용기를 주며
때로는 밝게
더러는 심오하게
때로는 활기차게
어느 날
초원을 달리는 사나운 말이 되고
어느 날은
처마 끝 낙수 같은 눈물 한 방울
밤하늘 은하수 어울려 춤추는 영혼의 교류

자유롭게 날아라!
나의 시,
오늘도 향기로운 삶을 찾아서

청춘이 가네

축제가 끝나기도 전에
벌써 꽃이 집니다

흘러가는 세월의 설움은
나뿐인가 하였더니
가는 청춘 아쉬움에
꽃이 먼저 집니다

혹독한 젊은 날의 잔치는 끝났고
달그림자마저 희미한 새벽
청춘은 이미 앞서가고
이내 꽃이 집니다

늦은 봄날은 사랑하지 말자고
이별을 예감하던 날에
다시 꽃을 피울 수 있을까

젊은 날의 노래와 고백과
참회의 시간이 아직 끝나지 않았는데
청춘은 눈물도 없이 멀어지고
꽃은 어느 새 지고 없습니다

빈 화분

산길에 꽃이 하도 예뻐
한참 들여다 보다
한 포기 쑥 뽑아
화분에 심었다
하루 지나 벌써 시들
미안하다
내 욕심이 꽃에게
몹쓸 짓을 했구나

누가 나를 쑥 뽑아
외딴 곳에 던져 놓으면
저 모양이 될 텐데
미안하다
내가 여태껏 그렇게 살아서

가을일기

밤으로 내린 찬비에
가로수 잎에 묻어있던
봄 여름 가을이
우수수 떨어집니다.

단풍 두 잎 은행 한 잎에
가을을 담아
책갈피에 끼우며
앞쪽 갈피에 넣어둔
노오란 은행잎에게
물어봅니다
지난 가을은 잘 있는지

오늘은
우체국 창가에서
못다 쓴 편지를 쓰렵니다

우체통

무언가 할 말이 있을 텐데
세상이 입을 막아 놓았다
누군가 다가와 말이라도 붙여 주던 때는
추억으로 흙먼지 뒤집어쓰고
소식을 기다리던 설렘의 날들은
이제 헤아려 지지 않을 만큼
더 먼 옛날이 되어 버렸다

이제는 한 번도 갈아입지 않았던
빨간 옷을 벗어 던지고 싶다
노점처럼 이곳저곳 사람들의
사연 이어주던 빨간 우체통
하나둘 떠나버리고 남은 것마저도
호구를 걱정해야 하는 현실을
굳이 외면할 수 없는 시대의 유감

가라 다 가라 모두 가라
추억만 두고 다 가라
비록 말없이 새벽 안개속에
몰래 눈물 삼킬지라도

무엇도 누구도 원망 않을 것이라
마지막 한 바탕 세찬 비 뿌려
역사처럼 말라붙은 흔적들도 씻기고
존재의 의미마저 희미해 질 때
지나치듯 한 번쯤 불려질
그래도 그리움의 이름
빨간 우체통

길가에 낙엽 쓰는 빗자루 소리가
쓸쓸한 새벽
안개가 촉촉이 내려 앉는다

밤샘근무 잦은 이에게

별빛 가슴으로 받으며
노동의 저녁을
누군가의 기다림으로
수 없이 반복하며
밤을 사르는 이여

달이 서쪽에 기우는
아직은 어둑한 아침
밤으로 짓눌려 지친 몸
집으로 가는 길
밤새 어둠을 지키느라 지친 골목등
동병상련의 미소로 마중하고
언덕 위 교회 새벽종소리
지친 어깨를 가만히 안는다

동쪽 하늘
때를 잊지 않은 해 다시 떠오르고
또 다른 하루의 삶을 위해
종소리 울림 끝으로
조용히 기도의 문을 연다

집에 돌아와 손길 닿을 그 문에
그대 이름처럼
예쁜 꽃 한 송이 꽂아
하루를 위로합니다

그곳에 우체국 사람들이 있습니다

소양댐 수몰지 굽이굽이 돌아 찾아가는 곳
자동차는 말할 것도 없고 오토바이도 갈 수 없는
강원도 산골짜기 산비탈 오지마을 노부부 앞으로
도시에 사는 딸에게서 택배 한 통이 왔습니다
가파른 비탈길 내려다보기도 아찔한 낭떠러지 길
동네사람 다 떠난 골짜기엔
노부부와 오래된 흙집 한 채가 남았습니다
강원도 시골 출신인 나도 이런 곳이 있는 줄은
처음 알았습니다
한 번 가기도 어렵고 마을이라 부르기도
초라한 오지 중에 오지
많고 많은 택배사 어느 하나 들어가지 않는 곳
그래도 우체국은 찾아 갑니다
오랜 전통의 사명감과 책임감 하나로
더러는 택배 하나 둘러메고 때로는 신문 한 통 들고
가쁜 숨 몰아쉬며 비탈길 돌아
족히 두어 시간은 걸어갑니다
누군가는 해야 할 일
보내는 마음 소중하고 기다리는 마음
간절함을 알기에

떠나지 못하고 남은 사람들
몇 날 며칠 사람 구경하기 어려운 곳
어쩌다 찾아오는 우체국집배원을
멀리 사는 자식보다 반갑고 고맙게 반기는
정을 잊지 못해 찾아갑니다
어제도 오늘도 그리고 먼 내일까지도
그리운 소식 있는 날이면
그곳에는 언제나 우체국사람들이 있습니다.

나에게 너는

잊기 위해 쓴다
눈 위에 너의 이름
기다린다
눈이 더 오기를
그 위에 또 쓴다
너의 이름
눈 쌓이듯 수북이
너의 이름 쌓여
걱정 안 해도 된다
쌓여진 너의 이름 많아
잊혀질 리 없다
그렇게 산다 오늘도 어제처럼
눈 속에 보물처럼 묻어둔
너의 이름 기억하며

김유정우체국에서 보내는 답장

그대가 잘 있다니
나도 괜찮습니다
그리움 정도야 내게는 호사겠지요
그렇지만
그대가 참 보고 싶습니다
오늘처럼 창밖에 비가 오는 날이면
더욱 더
먼 훗날까지 그리움으로 남더라도
내 기억 속에서만 남아 주시길
어느 새 새벽입니다
아직도 잠 못 드는….

김유정우체국 전출을 명 받았습니다

이곳에서 마지막이 될지도 모를 소식을 전합니다.
당신이 그린 봄봄 그곳의 술도가에는
여전히 누룩 익는 냄새 가득하고
당신이 동무들과 뛰어 놀던 산골나그네 길은
수없는 발걸음들이 당신을 추억하고 있습니다
점순네 닭갈비집에는 막걸리 거나한 객들이
온통 소란합니다
당신 집에서 저만치 내려다보이는 큰길가에
당신의 이름으로 세운
우체국에서 정말 행복했습니다

우체국에는 오가는 사람마다 당신을 이야기하며
당신집이 새겨진 그림엽서 한 장씩을 나눠들고
그리운 이야기들을 적어갑니다
친정엄마에게 누구는 아들딸에게 대개는 연인에게
평소 가까이에서 표현하지 못했던 사연들을
진솔한 마음으로 써내려 갑니다
가끔은 우체국앞 우체통에는 아름답고 눈물 시린
한 아름의 사연들이 쏟아져 나오기도 한답니다
우체국 옥상에는 제비 깃발이 펄럭이며

혹여 길을 잃을까 당신을 향해 손길 흔들고
우체국처럼 당신을 사랑하는 김유정역에는
무시로 쏟아져 나오는 사람들이
당신을 그리워합니다

정년퇴임까지 함께 할 줄 알았습니다
하지만 채 일 년을 남겨두고
더 이상 당신을 기다리지 못하고
떠나야 하는 이제
내 마음 같은 비가 앞을 막아서지만
어쩌겠습니까?
가고 오는 것은 내 결정이 아닌 것을
아쉽고 허전한 마음 쓰고 쓰고 또 써도
밑천이 없겠기에 오늘은 이만 접겠습니다.
꽃피는 봄 낙엽 지는 시절에
그리움 가득 품고 틈틈이 다녀가렵니다.

김유정우체국을 떠나며

돌아서는 발끝에 비가 내린다
언젠가 다가올 날 있을 거라 생각했지만
지금 여기가 끝일 줄이야
인연이란 것이 억지로 거스를 수는 없는 것
지금 이대로 아름다운 인연으로 간직하련다
많은 사연들을 남겨두고 돌아서나니
부디 미련 없이 잘 지내라
보내는 마음에 무슨 하고 싶은 말이 있겠나
너의 말 없는 침묵을 이별로 받아 두련다
더 이상 못 보더라도 마음 다치지 말기를
세상 좋은 인연이 어디 한 번뿐이겠는가
사는 동안 나를 잊고 행복하길 바란다
그래도 정녕 외로운 날이 오면
오지 아니 한 듯 다녀가리라
그때 금병산 아래로
안개비라도 내려주면 쓸쓸함이야
아무렴 덜 하지 않겠나
우체국 앞에 들꽃에게
안부 한 마디 묻고 가련다.

삼악산

정년 한 해 앞 둔 새 보금자리
칠전동우체국 뒷문 열고 내다 보면
언제라도 반갑게 얼굴 마주하는 삼악산
등선폭포 지나 절벽길 오르다 숨이 받쳐
멈춘 걸음 뒤를 본다
인생을 너무 높이 오른 것인가
멀리 걸어온 것인가
떡갈나무 사이 소롯길
동그란 눈 다람쥐 나를 보고 놀란다
넌 누구냐?
손에 든 도토리 또르르 발밑으로 구른다
돌려주려 돌아보니
꼬리를 내리깔고 멀뚱하다
세상 별 것 다 봤다는 듯
그래, 네 영역 어느 것 하나
손끝 하나 스치지 않고 돌아가마
너도 얼른 가라 친구들이 기다릴라
정상에서 풍광 한번 둘러보고
내려오는 길
저만치 뒤를 한번 돌아본다
아직 길은 멀지만
오늘 참 예쁜 날이다

우도

일출봉 그림자 끝
바다에 누운 섬 우도
소는 거친 파도 속 바다에 눕고
파도는 바다를 건너지 못한 채
애꿎게 검은 바위만 어른다
해돋는 아침 뱃머리 해를 이고
항으로 드는 배를 보며
섬은 하루를 접고 또 깨어나고
하늘에서 진 달은
우도의 동굴에 다시 뜬다
섬의 반쪽만 둘러보고
풍광을 눈에 담기도 전에
비바람이 등짝을 후려쳐
내 쫓기듯 돌아서 나온다
유람선 머리위로
갈매기 배웅하는 소리
우도의 소울음은
들릴 듯 말 듯 파도에 묻히고
바람에 흔들리던 섬 쑥부쟁이꽃
언제 다시 볼까나
우도는 벌써 저만치 멀어진다
작별 인사도 아직인데

수고했다

33년 한 직장
나는 그 매정한 시간들을
한 순간도 거스르지 못했다
그런 세월이
이제는 더 이상 어쩌지 못하고
나를 놓아 주었다

오늘
낯설게 다가온 아침
처음으로 묻는다
나에게
지금껏 너는 누구였고
또 무엇이었냐

나는 이제야
아무것도 해주지 못했던 나에게
무엇을 해주기 위해 손을 내밀었다
참 수고했다

나의 길

돌고 돌아 걸어온 길 다시 딛고 나는 간다
다 내려놓고 올 때처럼 빈손으로 떠나간다
본향이 어디인가 잊은 지 오래건만
다시 찾아 간다 지금 나는 간다
가져갈 것 무엇인가 봇짐 하나면 넉넉할 것을
무엇을 얻고자 아등바등 살았는가
빈 마음으로 참회하며 돌아간다
풀잎 하나 떠 흐르는 좁다란 도랑물
청량한 물소리 빈 마음에 담으며
물길 따라 세월 따라 흘러 간다
지팡이 하나 벗을 삼고 그림자 동행하니
먼 길도 외로울 겨를 없어 좋아라
해는 길어 누가 등 떠미는 것도 아닌 것을
서둘지 마라 재촉하지 마라 나는 간다
스치고 헤어짐에 정들 인연 없고
미련도 없고 시름도 없는 빈 마음이라
봄이 지는 슬픔 뻐꾹새 울고 나는 소롯길
저만치 멀어지는 봄을 따라
간다 나는 간다 나의 길 나는 간다
세상살이에 잊고 살아온 나를 찾아 간다
바람결에 풀잎 눕는 길을 따라 간다
간다 나를 찾아 내가 간다

우체국에서 소식을 전하는 일을 하다
오롯이 낭중지추로 빛나는 우체국 시인

이인환(시인, 출판이안 대표)

1. 가을 햇살에 미소짓는 해바라기 같은 시인

대학생 때 은사님이 시인이셨다. 30여년이 지난 뒤 중년
이 되어 은사님을 모시고 식사를 하던 중이었다. 한 선배
가 이제야 말씀드린다며 조심스럽게 말을 꺼냈다.

"졸업반 때 교수님께 시를 보여드리고 교수님실에 들렀
다가 교수님은 뵙지 못하고 책상 위에 빨간 줄이 쭉쭉 그
어진 제 시만 보고 빈정이 상해서 돌아온 적이 있습니다.
이제야 말씀드리는데 그때 정말 섭섭했습니다."

어느덧 머리가 희끗해진 은사님은 잠시 뜸을 들였다가
말씀하셨다.

"그때 내가 40대 초반이었지. 나는 졸업하기 전에 은사

님의 추천으로 일찍 시인이 되었기에 시인의 삶이 참 고달 프다는 것을 알았다네. 그래서 시인을 운명처럼 받아들일 학생이 아니라면 일찌감치 다른 길을 선택하도록 이끌어 주겠다고 생각했지. 자네도 그때 다른 길을 선택한 게 잘 한 거 아닌가?"

최수경 시인의 시를 접했을 때 먼저 은사님의 일화가 떠올랐다. 30여 년 전만 해도 시인은 배고픈 사람의 대명 사였다. 오죽하면 생업을 위해 일찌감치 다른 길을 선택 하라고 냉정하게 대했다는 은사님이 계실 정도였을까?

시골집 흙벽에 그리움 담은
조그만 우체통
여행길 바람 같은 자유의 노래
숲속 자작나무 잎들의 수다
별빛 창가에서 세레나데 부르며
달빛처럼 부드럽게 감싸는 무지개

내일을 향한 용기를 주며
때로는 밝게
더러는 심오하게
때로는 활기차게

어느 날
초원을 달리는 사나운 말이 되고
어느 날은
처마 끝 낙수 같은 눈물 한 방울
밤하늘 은하수 어울려 춤추는 영혼의 교류

자유롭게 날아라!
나의 시,
오늘도 향기로운 삶을 찾아서

- '시는 나에게' 전문

　우체국에서 이제 정년퇴임을 앞뒀다는 시인의 시를 접
했을 때 어쩌면 시인도 '시인은 배고프다'는 현실 인식 속
에서 일찌감치 꿈을 포기했던 문학청년 중에 한 사람이
아니었을까라는 생각이 들었다. 그렇지 않고야 어떻게 이
렇게 감수성 풍부한 시들을 일 년 사이에 우르르 쏟아낼
수 있을까?

　세상에서 가장 아름다운 시인은 자신이 맡은 일에서 최
선을 다하며 숭고한 영혼을 간직하며 노래하는 이들이다.
시인은 그동안 생업으로 선택한 우체국에 최선을 다하기
위해 내재된 문학적 감수성을 억누르며 살아왔다. 그리고

이제야 '시골집 흙벽에 그리움 담은/ 조그만 우체통/ 여행
길 바람 같은 자유의 노래'를 담담하게 풀어내고 있다.

그런 점에서 젊은 시절에 이런 재능과 끼를 갖고도 생
업에 최선을 다하기 위해 한눈 팔지 않고 살아온 시인의
삶은 존경을 받아야 마땅하다고 본다.

봄부터 앞서 피려

꽃밭 가득 시끌벅적

여름 가고 깊은 가을

해바라기 여유로워

출발은 좀 늦어도

키로는 제일 어른

다른 꽃 모두 담장 안에

해바라기 홀로 멀쑥한 키로

울타리 밖을

두리번두리번

해 닮은 둥근 얼굴

기분 좋게 싱글벙글

— '해바라기' 전문

시인은 자연물을 통해 자신을 드러낸다. 시적기교로 이 것을 '객관적 상관물'이라고 하는데 이 시에서는 해바라기가 곧 시인을 대변하는 '객관적 상관물'로 나타난다. 물아일체의 경지, 곧 해바라기가 시인이고 시인이 곧 해바라기인 것이다.

정년퇴임을 앞둔 시인은 지금 '출발은 좀 늦어도/ 키로는 제일 어른'으로서 '해 닮은 둥근 얼굴/ 기분 좋게 싱글벙글'인 해바라기와 하나가 되었다. 가을 햇살에 해바라기 같은 시인으로 우리 곁에 따스한 미소를 풍기며 서있다.

2. 틈새에 핀 들꽃과도 소통하는 시인

시를 삶과 동떨어진 것으로 여기는 이들이 많다. 현실과 동떨어진 시를 쓰면서 '시가 어렵다'는 독자들의 외면을 무시하는 시인들이 있기 때문이다. 하지만 시는 결코 삶과 동떨어진 것이 아니다. 그것은 극히 일부의 이야기며 지금도 많은 이들은 시가 삶에 밀접함을 알고 말 그대로 시와 일치하는 삶을 살기 위해 노력한다.

우리는 시가 속내를 드러내며 가까운 이들과 소통할 수 있는 최고의 도구이며, 삶의 이야기를 풀어가며 힐링할 수 있는 시대의 특효약임을 안다. 시인은 삶과 밀접한 시를 쓰면서 소통과 힐링의 기쁨과 즐거움을 누려야 하고, 동시대를 사는 이들이 더 많이 그 기쁨과 즐거움을 누릴 수 있도록 해야 한다는 것을 잘 안다. 우리는 이것을 '소통과 힐링의 시'가 갖는 큰 힘이자 사명으로 여기고 있다.

최수경 시인은 '소통과 힐링의 시'를 잘 이해하는 시인이다. 그래서 삶 속에서 누구나 이해하기 쉬운 시로 속내를 드러내며 독자들에게 소통을 시도한다.

아주 먼 곳의 그대를 보고

그만큼 먼 곳의 그대를 듣고

때로는 그대를 느끼며

쓸쓸한 비 내려 울적한 날

찻집에 홀로 그대 그립다

차 한 잔에 꽃잎 띄우고

그리워하는 마음

그대 아시나요

              - '꽃잎에 쓴 편지' 중에서

편지지 한 장 펼쳐놓고

펜은 들었는데

마음 가득했던 생각들이 써지지 않는다

그리움도 적당해야지
몇 날을 쌓아 두었더니
무엇부터 꺼내야 할지
　　　　　　- '편지 속에 묻혀 살면서도' 중에서

누구나 이해하기 쉬운 시라고 해서 결코 쉽게 쓰였다는
뜻이 아니다. 시인은 편지 한 장을 쓰기 위해서 긴 밤을 꼬
박 새우는 노심초사했던 마음으로 시를 쓰고 있다. 그리고
시를 쓰면서 백 마디 말보다 한 편의 시가 상대의 마음에
더 큰 울림을 준다는 것을 잘 알고 있다. 그래서 시어 하
나하나에도 상대를 배려하는 마음으로 온 정성을 쏟는다.

허리를 낮춰야 너를 볼 수 있을 거야
밟히고 채여 만신창이가 되고
이름도 없고 아무의 관심도 없는 너
어쩌면 내일이면 없을 수도 있겠지만
그래도 빛은 너를 외면하지 않아
거칠고 험한 세상이
네게 물 한 모금 적선이나 했을까 마는

너를 위해 나만이라도 발걸음을 조심해야지

　　　　　　　 - '우체국 앞 틈새에 핀 들꽃' 중에서

　소통을 잘 하려면 먼저 나를 낮춰야 한다. 아무리 사
소한 것이라도 관심을 갖고 배려할 줄 알아야 한다. '거
칠고 험한 세상'에서 힘겹게 살아가는 '들꽃'과 소통하
며 '나만이라도 발걸음을 조심해야겠다'는 다짐에는 독자
로서 시인과 함께 하지 않으면 안 되겠다는 자각을 불러
일으킨다. 낮추고 배려해서 결국은 소외받는 이웃과 함께
해야겠다는 마음을 일으키게 하는, 즉 한 편의 시로 독자
의 마음을 움직이게 만드는 '소통과 힐링의 시'의 핵심을
그대로 담고 있다.

　　　무언가 할 말이 있을 텐데
　　　세상이 입을 막아 놓았다
　　　누군가 다가와 말이라도 붙여 주던 때는
　　　추억으로 흙먼지 뒤집어쓰고
　　　소식을 기다리던 설렘의 날들은
　　　이제 헤아려 지지 않을 만큼
　　　더 먼 옛날이 되어 버렸다

　　　　　　　　　　　 - '우체통' 중에서

138

할 말이 있는데 입을 막아 놓으면 소통은 어려워진다.
어쩌면 우체통이 처한 현실이 우리 시대를 대변하는 것은
아닌가 싶어 씁쓸하다.

> 소양댐 수몰지 굽이굽이 돌아 찾아가는 곳
> 자동차는 말할 것도 없고 오토바이도 갈 수 없는
> 강원도 산골짜기 산비탈 오지마을 노부부 앞으로
> 도시에 사는 딸에게서 택배 한 통이 왔습니다
> 가파른 비탈길 내려다보기도 아찔한 낭떠러지 길
> 동네사람 다 떠난 골짜기엔
> 노부부와 오래된 흙집 한 채가 남았습니다
> 강원도 시골 출신인 나도 이런 곳이 있는 줄은
> 처음 알았습니다
> 한 번 가기도 어렵고 마을이라 부르기도
> 초라한 오지 중에 오지
> 많고 많은 택배사 어느 하나 들어가지 않는 곳
> 그래도 우체국은 찾아 갑니다
> — '그곳에 우체국 사람들이 있습니다' 중에서

시인은 시대의 변화는 거스를 수 없다는 것을 안다. 하
지만 그 속에서도 잃어서는 안 될 가치를 지키기 위해 노

력한다. 누구를 탓하거나 원망하기보다 그저 묵묵히 처한 환경에 따라 주어진 역할에 충실할 뿐이다. 우체국 틈새에 핀 들꽃과도 소통하기 위해 낮추며 살아온 시인의 삶을 그대로 엿볼 수 있다.

3. 낭중지추로 빛나는 우체국 시인

우체국은 시인이 한창 근무할 때만 해도 남녀노소 누구에게나 설렘의 장소였다. 지금은 핸드폰의 메시지나 카톡이 대체했지만, 그 당시는 이 모든 것을 우체국이 했던 때였다. 우체국 하면 편지와 엽서, 설렘이 먼저였다. 봉투에 넣어 당사자만 볼 수 있는 편지는 긴 사연과 비밀한 내용들이 주를 이루었고, 내용이 노출되어서 누구나 쉽게 볼 수 있는 엽서는 전하는 이의 마음에도 감수성을 울리는 짧은 시편들이 주를 이루었다.

> 열 번을 썼다 지우기
> 열한 번째 쓰고
> 지우지 못한 이름
>
> — '너' 전문

너는

그냥 곁에 있어주기만 하면 돼

- '부탁' 전문

낭중지추, 주머니에 있는 송곳이 저절로 드러나듯이 숨겨진 재능은 어떻게든 드러나기 마련이다. 생업에 종사하느라 꼭꼭 눌러 감췄던 시인의 시적 재능과 감수성이 그래도 드러나고 있다. 그래서 나는 시인을 오롯이 낭중지추로 빛나는 우체국 시인이라 부르는데 주저하지 않는다.

내 마음이야

네 마음에

넣어 둬

- '선물' 전문

내 마음에

늘

밝혀 둘게요

그대

- '촛불' 전문

요즘 젊은이들에게 딱 통할 시적 감각과 기발난 발상은
또 어떠한가? 그동안 타고난 끼와 재능을 억누르며 생업에
종사하느라 한눈 팔지 않으려고 얼마나 힘이 들었을까?

단 한 번이고
마지막인 사랑
그게 바로
당신입니다

– '지독한 사랑' 전문

두뇌학자들은 시창작이 두뇌질환을 예방하고 창의력을
키워주는 최고의 교육방법이라고 한다. 바로 이처럼 기발
난 발상을 하는 과정에서 저절로 두뇌가 발달하고 창의력
이 향상된다는 것이다.

어떻게든 이어져 있다
나의 열 손가락 끝으로
그리고 그 손가락마다
다시 열 손가락으로
줄기줄기 이어지는 나뭇가지처럼

– '소망' 중에서

142

네가 나를

내가 너를 받쳐줘야

온전한 구실을 할 수 있는 사이

지게와 작대기

그렇게 살았고

그렇게 살아가야 한다

너

나

그리고 우리

- '지게 작대기' 전문

일상에서 시를 쓰고 향유하는 과정에서 두뇌가 발달하고, 아울러 이처럼 더불어 사는 공동체의 가치를 가슴에 새길 수 있다면 이 얼마나 좋은 일인가? 낭중지추처럼 빛나는 우체국 시인의 톡톡 튀는 창작기교에 찬사를 보낸다.

4. 가까운 이들과 행복한 소통을 시도하는 시인

소통의 핵심은 표현이다. 표현이 가장 필요한 곳은 가족이다. 가장 많이 부대끼다 보니 가장 많은 갈등의 요소를 안고 있기에 행복한 가족은 수시로 소통을 한다. 예전에는 여자라는 이유로 희생하며 살았던 어머니가 계셨기에 웬만한 갈등도 쉽게 봉합할 수 있었다. 하지만 지금은 남자들이 적극적인 소통을 시도하지 않으면 갈등의 골을 메울 방법이 없다.

어머니 덮은 잔디 죽는다며

볼 때마다 뽑아내시던 아버지

구절초꽃 내내 기다렸을

어머니 마음 진정 모르셨을까

‐ ‘어머니의 꽃밭’ 중에서

이것이 어디 시인의 아버지뿐일까? 아버지와 시인의 동시대를 살았던 남자들의 모습이 아니던가? 시인은 아버지가 한번이라도 표현했으면 어머니가 생전에 구절초를 좋아한 것을 알았을 것이라 생각한다. 그래서 일상에서 가까운 이들과 소통하기 위해 더욱 적극적으로 표현하고 또 표현하는 것을 망설이지 않는다.

> 보고 또 보아도
> 내 눈에 예쁜 꽃은
> 하나
> 너뿐이야
>
> — '너뿐이야' 중에서

> 집에 돌아와 손길 닿을 그 문에
> 그대 이름처럼
> 예쁜 꽃 한 송이 꽂아
> 하루를 위로합니다
>
> — '밤샘근무 잦은 이에게' 중에서

시인의 지인들은 시인의 시를 접할 때마다 "이것은 나를 위해서 쓴 시"라고 말하곤 한다. 일상에서 한 편의 시로 가까운 이들에게 소소한 행복을 안겨주는 시인의 삶을 엿볼 수 있어서 좋다.

> 시골집 울타리 밖 감나무
> 올망졸망 많이도 달렸다

가을바람 한줄기 지날 때마다

조금씩 노랗게 익어가는 감

어쩌면 하나같이

우리 식구만 같을까

그 옛날 한집에서

고만고만 올망졸망

커가던 어린 누이동생들처럼

잎새 다 떨군 빈가지 끝에

까까머리 아이 닮은 감식구들

지나는 찬바람이 샘내면 떨어질까

서로서로 꼭 품고

해맑은 얼굴 마주보며

참 예쁘게도 웃고 있다

― '감' 전문

　시인의 누이동생이 이 시를 본다면 기분이 어떨까? 분명 행복할 것이다. 그런데 과연 이것이 시인의 누이동생만을 위한 시일까? 시인과 동시대를 살며 잘 챙겨준 오빠를 둔 이 땅의 모든 누이동생들이 이 시를 본다면 오빠와 가족의 사랑을 떠올리며 행복한 추억에 잠길 것이 분명하다.

시인은 그만큼 시를 접하는 이들에게 행복을 전해주는 묘한 매력이 있다.

> 택배보따리 풀다 눈물 글썽
> 고향 하늘을 본다
> 아프신 곳은 없는지
> 나는 여태껏 엄마 생각
> 감자 한 알만큼이라도 했나
>
> 올 여름은 왜 이리 더운지
> 오는 주말에는
> 찾아뵙고 꼭 안아 드려야겠다
> 엄마 고마워요
> 사랑해요
>
> — '엄마' 중에서

얼굴에는 가족이 담겨 있다. 어릴 때부터 보고 듣고 받으며 자신도 모르게 새긴 삶이 그대로 얼굴로 드러나기 때문이다. 온화한 미소가 매력인 시인의 얼굴을 보면 시인의 어머니도 한생을 어떻게 살다 가셨을지 선명히 살아온다.

5. 은퇴 이후의 이상적인 삶을 추구하는 시인

지금은 문학예술이 가장 강력한 국가경쟁력으로 부상하고 있다. K-pop이 대한민국의 경쟁력을 높이면서 국내 기업의 수출상품 판로를 넓혀주고, 관광객을 증가시켜 경제적인 이익을 챙겨주는 것이 이를 증명한다. '여수 밤바다', '안동역에서'라는 노래가, '메밀꽃 필 무렵'이라는 소설이, '풀꽃'이라는 시가 여수와 안동, 봉평과 공주의 관광객을 늘려 지역경제에 큰 도움을 주고 있는 것이 이를 증명한다.

앞으로 힘든 일은 로봇이나 기계가 할 것이다. 따라서 우리 인간은 문학예술의 핵심인 창조적인 일에 집중함으로써 미래사회를 설계해 나가야 한다. 특히 백세시대를 맞아 직장을 은퇴한 후에도 살아온 것만큼 살아가야 할 세대에서 이런 부분에 더욱 심혈을 기울여야 한다.

시인은 '김유정우체국'에서 이미 짧은 경험을 했다. 춘천의 대표적인 문학가인 김유정의 이름이 갖는 힘을, 그래서 그곳에서의 근무경험을 매우 소중한 기억으로 간직하고 있다.

정년퇴임까지 함께 할 줄 알았습니다

하지만 채 일 년을 남겨두고

더 이상 당신을 기다리지 못하고

떠나야 하는 이제

내 마음 같은 비가 앞을 막아서지만

어쩌겠습니까?

가고 오는 것은 내 결정이 아닌 것을

아쉽고 허전한 마음 쓰고 쓰고 또 써도

밑천이 없겠기에 오늘은 이만 접겠습니다.

꽃피는 봄 낙엽 지는 시절에

그리움 가득 품고 틈틈이 다녀가렵니다.

— '김유정우체국 전출을 명 받았습니다' 중에서

돌아서는 발끝에 비가 내린다

언젠가 다가올 날 있을 거라 생각했지만

지금 여기가 끝일 줄이야

인연이란 것이 억지로 거스를 수는 없는 것

지금 이대로 아름다운 인연으로 간직하련다

— '김유정우체국을 떠나며' 중에서

이것은 모든 직장인이 끌어안아야 할 운명이다. 그래
서 담담히 받아들인다. 젊었을 때 내재된 문학적 감수성을 억누르고 생업의 전선에 나섰을 때 이미 감수하기로 한 일들이다. 하지만 시인이 이처럼 공을 들인 것이 언젠가는 빛을 발할 날이 올 수 있다고 본다. 이 시편들이 김유정우체국이 있는 춘천을 찾는 이들의 발길을 더욱 가볍게 할 날이 있을 것이라 믿기 때문이다.

> 인생을 너무 높이 오른 것인가
> 멀리 걸어온 것인가
> 떡갈나무 사이 소롯길
> 동그란 눈 다람쥐 나를 보고 놀란다
> 넌 누구냐?
> 손에 든 도토리 또르르 발밑으로 구른다
> 돌려주려 돌아보니
> 꼬리를 내리깔고 멀뚱하다
> 세상 별 것 다 봤다는 듯
> 그래, 네 영역 어느 것 하나
> 손끝 하나 스치지 않고 돌아가마
>
> — '삼악산' 중에서

삼악산은 시인의 마지막 근무지인 '칠전동우체국'에서 바로 마주 보이는 산이다. 자연과 하나가 되어 춘천의 명

산 '삼악산'을 널리 알리는 시로 손색이 없을 것이다. 이 시를 통해 삼악산을 한번 오르고 싶은 마음을 일으킬 수 있다면 시인은 지역사회를 위해 그 역할을 충분히 한 것이다. 이제 나머지는 시인과 함께 동시대의 독자들이 함께 고민할 문제다.

이제 시인은 지역을 노래하는 시인으로서 첫발을 떼었다. 스스로는 시인이라는 소리를 듣는 것조차 부끄러워한다.

시인은 시대가 요구하는 은퇴 이후의 삶을 또 담담히 받아들일 것이 분명하다. 지금까지 생업에 전념하느라 꼭꼭 눌렀던 시적 감수성을 아낌없이 발휘해서 국가경쟁력에서 필요로 하는 문학예술의 길을 한 발 한 발 걸어갈 것이라 믿는다. 지금까지 살아오면서 매 순간 시인에게 꼭 필요한 역할을 해왔던 것처럼.

시인이 가는 새로운 길에 축복이 있기를 두 손 모아 기원하며 시인의 비장한 각오가 담긴 '나의 길' 전문을 그대로 옮겨 본다.

돌고 돌아 걸어온 길 다시 딛고 나는 간다
다 내려놓고 올 때처럼 빈손으로 떠나간다
본향이 어디인가 잊은 지 오래건만
다시 찾아 간다 지금 나는 간다

가져갈 것 무엇인가 봇짐 하나면 넉넉할 것을

무엇을 얻고자 아등바등 살았는가

빈 마음으로 참회하며 돌아간다

좁다란 도랑물에 풀잎 하나 떠 흐르고

청량한 물소리 빈 마음에 담으며

물길 따라 세월 따라 흘러 간다

지팡이 하나 벗을 삼고 그림자 동행하니

먼 길도 외로울 겨를 없어 좋아라

해는 길어 누가 등 떠미는 것도 아닌 것을

서둘지 마라 재촉하지 마라 나는 간다

스치고 헤어짐에 정들 인연 없고

미련도 없고 시름도 없는 빈 마음이라

봄이 지는 슬픔 뻐꾹새 울고 나는 소롯길

저만치 멀어지는 봄을 따라

간다 나는 간다 나의 길 나는 간다

세상살이에 잊고 살아온 나를 찾아 간다

바람결에 풀잎 눕는 길을 따라 간다

간다 나를 찾아 내가 간다

- '나의 길' 전문

152

나는 무엇을 위해 달려왔는가?

이제 내게 남은 것은 무엇인가?

지금까지 나는 나에게 무엇을 해 주었나?

우체국공무원으로 33년 동안 외길을 달려왔더니 정년퇴임이라는 종착역이 눈앞입니다.

퇴임을 1년 앞두고 틈틈이 시를 쓰며 지인들에게 보여 드렸더니 좋다며 용기를 주시는 분들이 계셨습니다. 그 날들이 퇴임을 앞두고 심란했던 저에게는 참으로 소중한 치유와 힐링의 시간이었음을 고백합니다. 그동안 생업에 종사하느라 전문적으로 배운 적은 없지만 그래도 우체국 공무원으로 편지 속에 묻혀 살아온 세월을 생각하면 세상 에 이런 시집 한 권 있어도 좋겠다는 생각으로 용기를 냈 습니다.

그동안 졸시를 접할 때마다 축하와 격려로 함께 소통해주신 모든 분들에게 감사합니다. 아울러 저의 선택을 진심으로 응원해 주고 지원해준 사랑하는 아내와 예쁜 표지를 디자인해 준 딸, 든든한 버팀목으로 자라준 아들에게 고마운 마음을 전합니다.

사랑합니다.
감사합니다.

삼악산이 바라보이는 칠전동우체국에서
최수경